TAGORE （中英双语版）

泰戈尔写给孩子的诗

〔印〕拉宾德拉纳特·泰戈尔 / 文

徐翰林 / 译　　张王哲 / 图

·北京·

图书在版编目（CIP）数据

泰戈尔写给孩子的诗：汉文、英文/（印）拉宾德拉纳特·泰戈尔文；徐翰林译；张王哲图. — 北京：化学工业出版社，2021.1（2022.10重印）
ISBN 978-7-122-37962-7

Ⅰ.①泰… Ⅱ.①拉… ②徐… ③张… Ⅲ.①儿童诗歌-散文诗-诗集-印度-现代-汉、英 Ⅳ.① I351.82

中国版本图书馆 CIP 数据核字（2020）第 219629 号

泰戈尔写给孩子的诗（中英双语版）

责任编辑：王婷婷　潘英丽　　　　　　责任校对：张雨彤

出版发行：化学工业出版社 (北京市东城区青年湖南街 13 号 邮政编码 100011)
印　　装：北京新华印刷有限公司
889mm×1194mm　1/24　印张 8　2022 年 10 月北京第 1 版第 2 次印刷

购书咨询：010-64518888　　　　　　售后服务：010-64518899
网　　址：http://www.cip.com.cn

凡购买本书，如有缺损质量问题，本社销售中心负责调换。

定　　价：88.00 元　　　　　　　　　　　版权所有 违者必究

前 言

　　泰戈尔，一位伟大的哲学家，一个爱国爱民之人，一位多才多艺的诗人，一生创作五十多部诗集，被授予诺贝尔文学奖。他的一生曾经历无数坎坷，却用博爱之心化解一切，让快乐在心中流淌，从指尖流出，洋溢在字里行间。

　　有人曾说，他是"孩子的天使"，化身孩童，用天真稚嫩的语言，天马行空的想象力，描绘出一个美好的新月国度。

　　《新月集》有一种神奇的魔力，其中一个个零散的故事，如同被诗人施了魔法：谁才是真正的窃眠者，去哪里能抓住他？载着我的名字和住址的纸船会飘到哪里呢？花儿在地下学校里会不会闯大祸？……

　　诗人为了追寻他的童年梦，一路不断变换角色，是妈妈、孩子还是本色出演？聆听这一首首时而温柔、时而调皮的诗歌，体味诗人诠释母亲与孩子之间的爱，歌颂神奇的大自然，抑或是表达人与自然的和谐相处之美。

　　可以说，泰戈尔将其哲学思想注入诗歌，描绘出对生活的美好向往，展现了深邃的诗歌底蕴。现在，让我们跟着这一首首小诗走进他的世界，点亮智慧人生。

泰戈尔

　　拉宾德拉纳特·泰戈尔（Rabindranath Tagore，1861年—1941年），印度诗人、文学家、社会活动家、哲学家和印度民族主义者。代表作有《吉檀迦利》《飞鸟集》《新月集》《家庭与世界》《园丁集》《最后的诗篇》《戈拉》《文明的危机》等。1913年，他以《吉檀迦利》成为第一位获得诺贝尔文学奖的亚洲人。

　　泰戈尔的诗风对中国现代文学产生过重大影响，启迪了郭沫若、徐志摩、冰心等一代文坛名家，其中许多作品多次被译成中文。周恩来曾评价说，"泰戈尔不仅是对世界文学作出了卓越贡献的天才诗人，还是憎恨黑暗、争取光明的伟大印度人民的杰出代表"。

目录

家 / 001
海 边 / 003
起 源 / 005
婴儿之道 / 007
被忽略的盛会 / 009
窃 眠 者 / 011
开 始 / 015
孩童的世界 / 017
时间和原因 / 019
责 备 / 021
法 官 / 023
玩 具 / 025
天文学家 / 027
云 与 浪 / 029
金 色 花 / 031
仙 境 / 033
流放之地 / 035
雨 天 / 039
纸 船 / 041
水 手 / 043

对 岸 / 045
花的学校 / 047
商 人 / 049
同 情 / 051
职 业 / 053
长 者 / 055
小 大 人 / 057
十二点钟 / 059
作 者 / 061
坏 邮 差 / 063
英 雄 / 065
结 束 / 069
呼 唤 / 071
最初的茉莉 / 073
榕 树 / 075
祝 福 / 077
礼 物 / 079
我 的 歌 / 081
小小天使 / 083
最后的交易 / 085

家

我独自走在穿越田地的小路上，
夕阳像一个吝啬鬼，
正藏起它最后的一点金子。

白昼渐渐地没入深深的黑暗之中，
那收割后的田野，
孤寂、沉默地躺在那里。

突然，
一个男孩尖锐的歌声划破了天空，
他穿越看不见的黑暗，
留下他的歌声回荡在静谧的黄昏里。

他的家就在荒地边缘的村落里，
穿过甘蔗园，
隐匿在香蕉树和瘦长的槟榔树，
以及椰子树和深绿色的榴莲的阴影里。

星光下，
我独自行走着，
途中停留了片刻，
看着幽暗的大地在我面前展开，
正用她的双臂拥抱着无数的家庭，
在那里有摇篮和床铺，
有母亲们的心和夜晚的灯光，
还有年轻的生命，
自然而欢乐的，
却全然不知这欢乐对于世界的价值。

海　边

孩子们相聚在无垠世界的海边。

辽阔的穹隆在头上静止,
不息的海水在脚下汹涌澎湃。
孩子们相聚在无垠世界的海边,
欢叫着手舞足蹈。

他们用沙来筑屋,
玩弄着空空的贝壳。
他们用落叶编成船,
笑着让它们漂浮在深海里。
孩子们在世界的海边自娱自乐。

他们不懂得怎么游泳,
他们不晓得怎样撒网。
采珠的人潜水寻找宝珠,
商人在船上航行,
孩子们却把鹅卵石拾起又扔掉。

他们不找宝藏,
他们不知怎样撒网。
大海欢笑着翻腾浪花,
而海滩的微笑泛着暗淡的光。
凶险的惊涛骇浪,
对孩子们唱着没有意义的曲子,
仿佛母亲在晃悠婴儿入睡时的哼唱。

大海和孩子们一同玩耍,
而海滩的微笑泛着暗淡的光。
孩子们相聚在无垠世界的海边。
暴风骤雨在广袤的天穹中怒吼,
航船沉寂在无垠的大海里,
死亡临近,
孩子们却在玩耍。

在无垠世界的海边,
有着孩子们盛大的聚会。

起 源

掠过婴儿双目的睡眠，
有谁知道它来自何方？
是的，
传说它来自森林阴影中，
萤火虫迷离之光照耀着的梦幻村落，
在那儿悬挂着两个腼腆而迷人的蓓蕾。
它从那儿飞来，
轻吻着婴儿的双眸。

当婴儿沉睡时唇边闪现的微笑，
有谁知道它来自何方？
是的，
传说是新月那一丝青春的柔光，
碰触到将逝的秋云边缘，
于是微笑便乍现在沐浴露珠的清晨的梦中
——当婴儿沉睡时，
微笑便在他唇边闪现。

甜美柔嫩的新鲜气息，
如花朵般绽放在婴儿的四肢上，
——有谁知道它久久地藏匿在什么地方？
是的，
当妈妈还是少女时，
它已在她心间，
在爱的温柔和静谧的神秘中潜伏，
——甜美柔嫩的新鲜气息，
如花朵般绽放在婴儿的四肢上。

婴儿之道

只要婴儿愿意，
此刻他便可飞上天堂。
他之所以没有离开我们，
并非没有原因。
他喜欢把头靠在妈妈的怀中，
哪怕一刻没见到她都不行。
婴儿知道所有智慧的语言，
尽管世上很少有人能知晓其含义。
他之所以不愿说话，
并非没有原因。
他想做的事，
就是要学从妈妈嘴里说出来的话。
这就是为什么他看起来如此天真。

婴儿有成堆的金银珠宝，
但他却像个乞儿一样来到这个世界。
他如此伪装，并非没有原因。
这个可爱的小乞儿裸着身子，
装作完全无助的样子，
是想乞求妈妈爱的财富。
婴儿在纤细的新月之境，
自由自在，无拘无束。
他放弃自由，并非没有原因。
他知道在妈妈心房的小小角落里，
有着无穷的欢乐，
被搂在妈妈爱的臂弯里，
其甜蜜远胜于自由。

婴儿从不知怎样啼哭。
他住在极为幸福的国度里。
他流泪，并非没有原因。
虽然他那可爱的小脸儿上的微笑，
系着妈妈热切的心，
然而他因小小麻烦发出的啜泣，
却织成了怜惜与关爱的双重牵绊。

被忽略的盛会

啊,谁把那条小裙子染上了颜色,
我的孩子,
谁给你温润的四肢套上那件小红衣?
你清晨出来在院子里玩耍,
你跑得摇摇晃晃跌跌撞撞。
但究竟是谁把那条小裙子染上颜色的,
我的孩子?
什么事让你大笑,我生命的小蓓蕾?
妈妈站在门口,微笑地望着你。

她拍着手,
手镯叮当作响,
你手执竹竿跳着舞,活像一个小牧童。
但究竟什么事让你大笑,我生命的小蓓蕾?
喔,小乞儿,
你双手搂着妈妈的脖子,想要些什么?
喔,贪婪的心,
要我把整个世界从天上摘下来,
像摘果实那样,

把它放在你纤小的玫瑰色掌心里吗?
喔,小乞儿,
你在乞求什么?
风欢喜地带走了你脚踝上的叮当声。
太阳微笑着,看你梳洗。

当你在妈妈臂弯里睡觉时,
天空凝视着你,
晨光轻手轻脚地来到你床前,
轻吻你的眼睛。
风欢喜地带走了你脚踝上的叮当声。
梦中的精灵正穿越薄暮的天空向你飞来。
那世界之母借着你妈妈的心,
保留与你毗邻的位子。
他,那个为群星奏乐的人正拿着长笛站在你窗前。
梦中的精灵正穿越薄暮的天空向你飞来。

窃 眠 者

谁从婴儿的眼中窃去了睡眠?我必须知道。
妈妈把她的水壶夹在腰间,去邻村汲水。
正午时分。
孩童的戏耍时间已经结束;
池塘里的鸭子沉默无声。
牧童在榕树的树荫下睡去了。
白鹤庄严而安静地立在芒果树旁的泥沼中。
此时,窃眠者进来,
从婴儿的眼中偷走了睡眠,飞走了。
当妈妈回来时,发现婴儿在屋里的地板上爬着。

谁从婴儿的眼中窃去了睡眠?我必须知道。
我一定要找到她,把她锁起来。
我一定要去那个黑洞里查找,
在那儿,一条小溪从圆的、有皱纹的石头中汩汩流出。
我一定要在醉花丛中氤氲的树影里寻找,
在那儿,
鸽子在它们的角落里咕咕地叫着,
精灵的脚环在繁星满空的静夜里叮当作响。

黄昏时，
我睥睨着竹林呢喃的静谧，
萤火虫在那儿挥霍着它们的光芒，
我将寻问我遇到的每一个生灵：
"谁能告诉我窃眠者住在哪里？"

谁从婴儿的眼中窃去了睡眠？我必须知道。
我一旦抓住她，
就好好教训她一顿！
我将闯入她的窝，
看看她把窃得的睡眠藏在何处。

我将夺来她的一切，带回家。
我要牢牢锁住她的羽翼，
把她放在河边，
给她一根芦苇，
让她在灯芯草和睡莲间钓鱼为戏。

黄昏,街市已经收了,
村里的孩子们坐在妈妈的膝上,
于是夜鸟便在她耳边讥笑着说:
"你现在要窃谁的睡眠呢?"

开　　始

"我是从哪里来的，你在哪里把我捡来的？"
孩子问他的妈妈。
她把孩子紧紧地搂在胸前，
半哭半笑地回答道：
"你曾经是我藏在心底的心愿，我的宝贝。"
"你曾藏在我儿时玩的泥娃娃身上；
每天早晨我用泥土塑造我的神像，
那时我塑造完又捏碎的就是你。"
"你曾同我们家的守护神一样被敬奉，
我敬拜家神时也就敬拜了你。"

"你曾活在我一切的希望和爱里，
活在我的生命里，活在我母亲的生命里。"
"在支配着我们家庭的不灭精神之膝上，
你已经被抚育了好几代了。"

"当我在女孩时代时，我的心如花瓣儿张开，
你就像那一股散发出的花香。"
"你的温柔在我年轻的肢体上开花了，

像一道曙光在太阳出来之前划过天空。"

"天堂里的第一个宠儿与晨曦一同降临，
你沿着世界生命的溪流漂浮而下，
终于在我的心头停泊。"
"当我凝视你的脸时，
神秘感震撼着我，
原属于一切的你，竟成了我的。"

"因为怕失去你，
我把你紧紧地拥在怀里。
是什么魔法把这世界的宝贝
牵引到我这纤弱的臂膀中的呢？"

孩童的世界

我愿我能在我孩子自己的世界中占一方净土。
我知道繁星会对他私语,
天空也会俯身来到他面前,
用它傻傻的云朵和彩虹来逗弄他。

那些让人以为不会说话和看起来永不会动弹的人,
带着他们的故事和满是明亮玩具的托盘,
悄悄地爬到他的窗前。

我愿我能在穿越孩子心灵的道路上旅行,
摆脱所有的束缚;

在那里,
使者徒然奔走于没有历史的王国君主间;
在那里,
理智把她的法则当作风筝来放飞,
真理也会使事实摆脱羁绊,得以自由。

时间和原因

当我给你彩色玩具时，
我的孩子，
我明白了为什么在云端、
在水中会如此色彩斑斓，
明白了为什么花儿会被上色
——当我给你彩色玩具时，
我的孩子。

当我唱着歌使你翩翩起舞时，
我确实明白了为什么树叶会哼着乐曲，
为什么海浪将其和声传到聆听着的大地心中
——当我唱着歌使你翩翩起舞时。

当我把糖果放到你贪婪的手中时，
我明白了为什么花杯中会有蜜汁，
为什么水果里会神秘地蕴涵着甜美的果汁
——当我把糖果放到你贪婪的手中时。

当我轻吻着你的小脸使你微笑时，
我的宝贝，
我确实明白了晨光中天空流淌的是怎样的欢欣，
夏日微风吹拂在我身上是怎样的愉悦
——当我轻吻着你的小脸使你微笑时。

责　备

为什么你的眼中有泪水，
我的孩子？
他们是多么可恶，
常常无故责备你？
你写字时墨水弄脏了小手和小脸——
这就是他们说你肮脏的原因吗？
呸，
他们敢骂满月肮脏吗，
因为墨水也弄脏了它的脸？

他们总是为每一件小事责备你，
我的孩子，
他们总是平白无故地找你麻烦。
你在玩耍时不小心扯破了衣服——
这就是他们说你邋遢的原因吗？
呸，
那从破碎的云翳中露出微笑的秋之晨，
他们要怎么说呢？

别去理睬他们对你说什么，
我的孩子。
他们将你的错误行径罗列了一长串。
谁都知道你特别喜欢糖果——
这就是他们说你贪婪的原因吗？
呸，
那我们如此喜爱你，
他们要怎么说呢？

法 官

你想说他什么就尽情地说吧,
但我了解我孩子的缺点。

我不是因为他好才爱他的,
只是因为他是我的小宝贝。

如果你只是衡量他的优缺点,
你怎会明白他是多么的可爱?

当我必须惩罚他时,
他更成为我生命中的一部分了。

当我让他流泪时,
我的心也跟着一起哭泣。

只有我才有权去责罚他,
因为只有深爱他的人才可以惩戒他。

玩 具

孩子，
整个早晨你那么快乐地坐在泥土里，
玩着折断的小树枝儿。
我微笑着看你玩那根折断的小树枝儿。
我正忙着算账，
一小时一小时地累积着数字。
或许你看我一眼，
想："这种无聊的游戏，竟毁了你整个早晨！"
孩子，我已忘了一心一意玩树枝儿与泥饼的方法了。
我寻求贵重的玩具，
收集大把的金银。

无论你找到什么，
总能创造使你快乐的游戏，
我却把时间和精力消磨在我永远得不到的东西上。
在我单薄的独木舟里，
我挣扎着要横穿欲望之海，
竟忘了自己也在其中游戏。

天文学家

我只不过说：
"当黄昏圆圆的满月缠绕在昙花枝头时，
难道没有人能捉住它吗？"
哥哥笑着对我说：
"孩子啊，你真是我所见过的最傻的孩子。
月亮离我们如此远，谁能捉住它呢？"

我说："哥哥，你才傻呢！
当妈妈望着窗外，
微笑着俯视我们嬉戏时，你能说她离我们远吗？"

哥哥又说："你这傻孩子！
可是，孩子啊，
你到哪里才能找到一张大得足以捉住月亮的网呢？"
我说："当然，你可以用双手去捉住它呀。"

但是哥哥还是笑着说：
"你真是我所见过的最傻的孩子！
如果月亮近了，你就知道它有多大了。"

我说："哥哥，
你们学校里教的真是一派胡言！
当妈妈俯下脸亲吻我们时，
她的脸看起来也是非常大吗？"
但哥哥还是说："你真是个傻孩子。"

云 与 浪

妈妈,
那些住在云端的人对我喊道——
"我们从早晨醒来玩到天黑。
我们与金色的曙光嬉戏,
我们与皎洁的月亮嬉戏。"
我问:"但是,我怎样才能到你那里呢?"

他们回答说:
"你到大地的边缘来,对着天空举起双手,
就会被接上云端。"
"我妈妈在家里等我呢,"我说,
"我怎能离她而去呢?"
于是他们微笑着飘走了。

但是,妈妈,
我知道一个比这个更好玩的游戏。
我做云,你做月亮。
我用双手遮住你,
我们的屋顶就是湛蓝的天空。

那些住在波浪上的人对我喊道——
"我们从一早唱歌直到晚上;
我们不停地前进旅行,
不知将要经过什么地方。"
我问:"但是,
我怎样才能加入到你们的队伍中呢?"

他们告诉我:"来到海边,
紧闭双眼站在那里,
你就被带到波浪上来了。"
我说:
"黄昏时,妈妈常常要我待在家里——
我怎能离她而去呢?"
于是他们笑着,舞着,离去了。

但是我知道一个比这更好玩的游戏。
我做波浪,你做陌生的岸。
我奔腾前进,大笑着撞碎在你的膝上。
世上没有人知道我们俩在什么地方。

金色花

如果我变成了一朵金色花,
仅仅为了好玩,
长在那高高的枝头,
笑着摇曳在风中,
又舞动在新生的叶上,
妈妈,你会认得我吗?
你若是叫道:"宝贝,你在哪儿?"
我偷偷地笑,不发出一点声音。
我会静静地绽放花瓣,看着你工作。

当你沐浴完毕,
湿湿的头发散在两肩,
穿过金色花的树影,
走到你做祷告的小庭院时,
你会闻到这花儿的香气,
却不知这香气是从我身上散发出来的。

当午饭后,
你坐在窗前读《罗摩衍那》,
那棵树的阴影落到你的头发与膝盖之间,
我会在你的书页上,
就在你正读着的地方投下我的稚影。
可是你会猜到这就是你的小孩的稚影吗?

当黄昏时,
你拿着灯去牛棚,
于是,我突然又落到地上,
再变成你的孩子,
要你讲个故事给我听。
"你去哪儿了,你这淘气的孩子?"
"我不告诉你,妈妈。"
这便是我和你要说的话。

【注】《罗摩衍那》:意思为"罗摩的历险经历",与《摩诃婆罗多》并列为印度两大史诗,作者是印度作家蚁垤(跋弥)。

仙 境

假如人们知道我的国王的宫殿在哪里,
它便会在空气中消失。
墙壁是白银,房顶是璀璨的黄金。

王后住在有七个庭院的宫殿里,
她戴着一串珠宝,整整值七个王国的财富。

不过,妈妈,
让我偷偷告诉你,
我的国王的宫殿到底在哪里。
就在我们的阳台的一隅,
那放着种植杜尔茜花盆的地方。

在遥远的、不可逾越的七重海岸的那一边,
公主沉睡着。
除了我,世上没有人能找到她。
她臂上戴着镯子,耳上悬着珍珠;
她的头发长得拖在地板上。

当我用我的魔杖触碰她时,
她便会醒来;
而当她微笑时,珠宝会从她唇边滑落。
不过,让我偷偷地对你耳语,
妈妈,她就在我们阳台的一隅,
在那放着种植杜尔茜花盆的地方。

当你去河里沐浴时,你走上屋顶的阳台。
我就坐在那墙头阴影聚集的角落里。
跟我在一起的只有小猫咪,
因为它清楚故事中的理发师居住的地方。

不过,让我偷偷地对你耳语,
妈妈,那故事里的理发师住在哪里。
他居住的地方就在阳台的一隅,
在那放着种植杜尔茜花盆的地方。

流放之地

妈妈，天空中的光成了灰色，
我不知道是什么时间了。
我的游戏挺无趣的，于是过来找你。
这是星期六，我们的节日。
放下你的活儿，妈妈，
靠在窗的一边坐着，
告诉我童话里的特潘塔沙漠在哪？
整整一天都在被雨的影子覆盖着。
凶猛的闪电用利爪抓着天空。

当乌云发出雷鸣的时候，
我喜欢怀着恐惧紧紧依偎在你身上；
当倾盆大雨几个小时不停地拍打着竹叶，
而我们的窗户被狂风刮得嘎吱作响的时候，
我喜欢单独和你坐在屋里，
妈妈，听你讲童话里的特潘塔沙漠的故事。

它在哪里,妈妈?
在哪一个海岸上,
在哪一座山脚下,
在哪一个国王的疆土上?
田野上没有篱笆来标明界线,
也没有一条穿越田野的小径,
让村人在黄昏时走回村落,
或者让在树林中拾干柴的妇人将柴带往市场。
沙漠上只有小丛小丛的黄草和一棵树,
上面有一对聪明的老鸟搭建的窝,
那个地方就是特潘塔沙漠。

我能够想象得出,
在这样一个阴云密布的日子,
国王那年轻的儿子,
怎样独自骑着一匹灰马,
穿越这沙漠,
横渡不知名的海洋,
寻找那被巨人囚禁的公主。
当雨雾在遥远的天空下沉,
闪电犹如一阵突发的痛苦痉挛出现时,

他是否还记得，
当他骑马穿越童话里的特潘塔沙漠时，
他那不幸的母亲被国王抛弃，
正含着泪水清扫牛棚?
看，妈妈，一天还没过去，天色几乎都黑了，
村庄那边的路上已没什么游人了。
牧童早就从牧场上回家了，
人们也已从田地归来，
坐在他们屋檐下的草席上，
望着阴沉的云层。

妈妈，我把所有的书都放上书架了——现在别让我做功课。
当我长大了，
像爸爸一样大的时候，
我会掌握必须学的东西。
但是今天，请告诉我，妈妈，
童话里的特潘塔沙漠在什么地方？

雨 天

乌云迅速地聚集在森林那黑暗的边缘上。
喔,孩子,不要出去!
湖边一排棕榈树,
正把头撞向阴沉的天空;
羽毛凌乱的乌鸦,
悄然栖息在罗望子的枝上,
河的东岸萦绕着浓浓的忧郁。
我们拴在篱笆上的牛正高声鸣叫着。

喔,孩子,在这里等着,
等我把牛牵进棚里。
人们都挤在清水流溢的田间,
捉那些从漫出的池水中逃出来的鱼儿;
雨水涨成了溪流,
流过狭小的巷子,
像一个嬉闹的孩子从他妈妈身边跑开,
故意惹怒她似的。
听,有人在渡口喊船夫呢。

喔,孩子,天色昏暗,
渡口的渡船已经停了。
天空像疾驰在滂沱的雨中;
河水暴躁地喧嚣着;
女人们早已从恒河畔汲满了水,
带着水罐匆匆回家去了。

夜晚用的灯,一定要准备好。
 喔,孩子,不要出去!

去市场的大道已无人行走,
去河边的小径很滑。

风在竹林里咆哮挣扎着,
好像一只落入陷阱的野兽。

纸　　船

我每天把纸船一只只地放入急流中。
我在纸船上用大而黑的字写着我的名字和我住的村名。
我企盼着住在异乡的人会发现它们，
知道我是谁。

我在小船上放着花园里长的雪莉花，
希望这些在拂晓时分开放的花能在夜里被平安地带上岸。
我把我的纸船投进水里，
仰望天空，
看见小小的云朵正扬起鼓满了风的白帆。
我不知道，
天上的哪个玩伴把这些船送下来和我的船比赛！

夜幕降临，
我把脸埋在手臂里，
梦见我的纸船在午夜的星空下漂浮前行。
睡仙坐在船里，
带着满载着梦的篮子。

水 手

船夫马杜的船在拉耿尼码头停泊着。
这只船载着废弃的黄麻,
已经长久地闲置在那里。
只要他乐意把船借给我,
我会给它装上一百只桨,
扬起五个、六个或七个风帆来。
我决不把它驶进愚蠢的集市。

我将到仙境里的七大洋和十三条河中航行。
但是,妈妈,
不要躲在角落里为我哭泣。
我不会像罗摩犍陀罗一样,
去森林里,一去十四年才回来。

我将成为故事中的王子,
让我的船装满我喜欢的所有东西。
我将带我的朋友阿苏与我同行,
我们要快快乐乐地在仙境里的七大洋和十三条河中航行。

我们将在晨曦中扬帆航行。
午间,
你正在池塘里沐浴时,
我们将在一个陌生的国度中。

我们将经过特浦尼浅滩,
把特潘塔沙漠远远丢在我们身后。

当我们回来时,
天色渐黑,
我将告诉你我们所看见的一切。
我将穿越仙境里的七大洋和十三条河。

对 岸

我渴望到那边，到河的对岸。
在那里，
那些小船排成一行系在竹竿上；
清晨，人们乘船到那边去，
肩上扛着锄头，到他们远处的田中去耕耘。
在那边，
放牛的人赶着鸣叫的牛涉水到对岸的牧场；
黄昏时分，他们都回家了，
只留下豺狼在这长满野草的岛上哀嚎。
妈妈，如果你不介意，
我长大后，要当这渡船的船夫。

有人说在这个高岸的后面藏着许多古怪的池塘。
雨过后，一群群野鸭飞到那里去，
茂盛的芦苇长满了池塘四周，
水鸟在那里生蛋，竹鸡摇着会跳舞的尾巴，
在洁净的软泥上印下它们细小的足印；
黄昏时，长草顶着白花，
邀月光在它们的波浪上荡漾。

妈妈，如果你不介意，
我长大后，要当这渡船的船夫。
我要从此岸到彼岸，来回摆渡，
村里所有正在沐浴的男孩女孩，
都会惊奇地望着我。
太阳升到半空，清晨变为正午，
我会跑到你那里去，
说："妈妈，我饿了！"
一天结束了，影子俯伏在树底下，
我会在黄昏时回家。
我一定不会像爸爸那样，
离开你到城里去工作。
妈妈，如果你不介意，
我长大后，一定要当这渡船的船夫。

花的学校

当乌云在天空轰鸣,
六月的阵雨落下时,
湿润的东风吹过荒野,
在竹林间奏响它的风笛。
突然,
成簇的花朵从无人知晓的地方跑来,
在绿草上跳舞狂欢。

妈妈,
我真的认为那成簇的花是在地下的学校里上学。
他们关门闭户做功课,
如果他们想在放学之前出来玩耍,
他们的老师就会让他们在墙角罚站。

一下雨,他们就放假了。
树枝在林中交错,
叶子在狂风中簌簌作响,
雷雨云拍着它们的巨手,
小花们就身穿粉的、黄的、白的衣裳,冲了出来。

你知道吗?
妈妈,
他们的家是在天上,
在星星居住的地方。
你没有看见他们怎样地急着要去那儿?
你难道不知道他们为什么那样匆忙吗?

当然,
我可以猜出他们是为谁张开双臂:
他们也有他们的妈妈,
就像我有自己的妈妈。

商　人

妈妈，想象一下，
你待在家里，我要去异乡旅行。
再想象，
我的船已在码头等待起航，
船上满载货物。
现在，妈妈，
好好想想再告诉我，
我回来时要给你带些什么。

妈妈，你想要成堆的黄金吗？
那么，在黄金河的两岸，
田野里都是金黄色的稻谷。
在林荫道上，
香柏花一朵朵地飘到地上。
我将为你而收集它们，
放进数以百计的篮子里。

妈妈，你想要大如秋天雨点的珍珠吗？
我将到珍珠岛的海岸上去。
在那里的晨曦中，
珍珠在草地的花朵上颤抖，
落到草地上，
被狂野的海浪一把一把地撒在沙滩上。
我将送哥哥一匹长翅膀的马，
能在云端飞翔。
我要送爸爸一支有魔力的笔，
在他还没察觉时，
就能把字写出来。
至于你，妈妈，
我一定要送给你那个价值七个王国的
首饰盒和珠宝。

同　情

假如我只是一只小狗，
而不是你的小孩，
亲爱的妈妈，
当我想吃你盘里的东西时，
你会对我说"不"吗？
你是不是会把我赶开，
对我说："滚开，你这不听话的小狗。"
那么走吧，
妈妈，走吧！
当你呼唤我时，
我再也不到你那里去了，
也永远不再要你喂我东西吃了。

如果我只是一只绿色的小鹦鹉，
而不是你的小孩，
亲爱的妈妈，
你会把我紧紧地锁住，怕我飞走吗？
你是不是会对我指指点点地说：

"真是一个不领情的贱鸟呀！
只知道整天整夜地啄它的链子。"
那么走吧，
妈妈，走吧！
我要到树林里去，
我决不再让你抱我入怀了。

职　业

清晨的钟敲了十下，
我沿着我们的小巷到学校去。
我每天都遇见那个小贩，
他叫着："手镯，亮晶晶的手镯！"
他没有什么急事要做，
没有哪条街道非去不可，
也没有什么时间非要回家。
我希望我是一个小贩，
整日在街上混日子，
叫着："手镯，亮晶晶的手镯！"

下午四点，我放学回家。
我从一家门口看见一个园丁在那里掘土。
他用他的锄头，想怎么挖，便怎么挖，
他的衣服落上了尘土，
如果他被太阳晒黑了或是被雨淋湿了，
没有人会骂他。
我希望我是一个园丁，
在花园里掘土，
没有人来阻止我。

天一黑，妈妈就送我上床睡觉。
我从敞开的窗口看见更夫走来走去。
小巷漆黑冷清，
路灯就像一个脸上长着一只红眼睛的巨人
立在那里。
更夫摇着他的灯笼，
他的影子随之一起移动，
他一生从没有上床歇息过。
我希望我是一个更夫，
整晚在街上行走，
提了灯笼去追逐影子。

长　者

妈妈，你的孩子真傻！
她是如此的孩子气！
她不知道路灯和星星的区别。

当我们玩着把石子当成食物的游戏时，
她竟以为它们是可以吃的食物，想放到嘴里去。

当我在她面前翻开一本书，
让她学 a、b、c 时，
她却用手把书页撕破，
莫名其妙地高兴地叫起来；
你的孩子就是这样做功课的。

当我生气地对她摇摇头，
责骂她，说她调皮时，
她却哈哈大笑，觉得很有趣。

所有人都知道爸爸不在家，
然而，假如我在游戏时大叫一声"爸爸"，
她会兴奋地四处张望，
以为爸爸果真就在旁边。

当我把洗衣工用来载衣服的驴子当作学生，
并且警告她说，我是校长，
她会无端地尖叫，叫我哥哥。

你的孩子想要捉住月亮。
她是如此有趣；
她把格尼许称为琪奴许。

妈妈，你的孩子真傻，
她是如此孩子气！

【注】格尼许：是毁灭之神湿婆的儿子，象头人身。同时也是现代印度人最喜欢用来作名字的第一个字。

小大人

我人很小，因为我是一个小孩，
到了像我爸爸一样的年龄时，我就会变大了。
我的老师会走过来说：
"时候晚了，去把你的石板和书拿来。"
我将告诉他：
"你难道不知道我已经和爸爸一样大了吗？
我再也不做什么功课了。"
我的老师将惊讶地说：
"他喜欢不读书就不读书，因为他是大人了。"

我给自己穿好衣裳，走到人群拥挤的集市里去。
我的叔叔将会跑来说：
"你会迷路的，我的孩子；让我牵着你。"
我会回答：
"你看不见吗，叔叔，我已经和爸爸一样大了，
我得一个人去集市。"
叔叔将会说：
"是的，他喜欢去哪儿就去哪儿，因为他是大人了。"

当我正拿钱给我的保姆时，
妈妈将从沐浴处归来，
因为我知道如何用我的钥匙去开钱箱。
妈妈会问：
"你在做什么，淘气的孩子？"
我会告诉她：
"妈妈，你难道不知道我已经和爸爸一样大了吗？
我得拿钱给保姆。"
妈妈将自言自语地说：
"他喜欢把钱给谁就给谁，因为他是大人了。"

在十月的假期里，
爸爸将要回家，
他以为我还是个小孩子，
从城里给我带了小鞋子和小绸衫。
我会说：
"爸爸，把这些东西给哥哥吧，
因为我已经和你一样大了。"
爸爸将会想一下，然后说：
"他喜欢给自己买衣衫就去买，因为他是大人了。"

十二点钟

妈妈,我现在不想做功课。
我已经读了整整一上午的书了。

你说,现在才十二点钟。
就算现在没有超过十二点吧,
你就不能把刚刚十二点想成下午吗?

我可以很容易想象出:
此刻,太阳已经照到那片稻田的边缘了,
那个年迈的渔妇正在池边采撷草叶作为她的晚餐。

我一闭上眼就能想到,
马塔尔树下的阴影愈发深邃了,
池塘里的水看起来黝黑发亮。

如果十二点钟能在夜晚来临,
为什么黑夜不能在十二点钟的时候到来呢?

作 者

你说爸爸写了很多书,
可是我看不懂他写的东西。
整个黄昏他都在读书给你听,
可是你真的明白他的意思吗?

妈妈,你给我们讲的故事,多么好听啊!
我纳闷,为什么爸爸不能写那样的书呢?
难道他从来没有听过自己的妈妈讲巨人、
精灵和公主的故事吗?
还是他已经把那些故事彻底遗忘了?

他经常很晚才沐浴,
你还得去叫他一百多次。
你等候着,为他把饭菜保温,
但他总是继续写作,忘记一切。
爸爸常常视写书为游戏。

每当我走进爸爸的房里去玩耍,
你总会过来说我:
"真是个调皮的孩子啊!"

每当我稍微弄出一点声响,
你就会说:
"你难道没有看见爸爸正在工作吗?"
爸爸写呀写,有什么乐趣呢?

当我拿起爸爸的钢笔或铅笔,
像他一样在他的书上写着:
a, b, c, d, e, f, g, h, i……
你为什么对我生气呢,妈妈?
在爸爸写时,你从未说过一句。

当爸爸耗费了那么一大堆纸时,
妈妈,你好像一点都不在乎。
然而,如果我只拿出一张纸做一只船,
你却说:"孩子,你真烦!"

爸爸把黑黑的点子涂满了纸的两面,
浪费了许多纸,
你是怎样想的呢?

坏 邮 差

你为什么坐在地板上一声不吭,
告诉我啊,亲爱的妈妈?
雨从敞开的窗口飞溅进来,
把你淋透了,你却不在乎。

你听到钟已经敲了四下吗?
正是哥哥放学回家的时候。
究竟发生了什么事,你看起来如此奇怪?

你今天没有收到爸爸的信吗?
我看见邮差的袋子里装了好多信,
几乎镇上的每个人都收到信了。

只有爸爸的信,他留给自己看。
我想这个邮差是个坏人。

但是不要因此闷闷不乐,
亲爱的妈妈。
明天是邻村集市的日子。

你叫女仆去买些纸和笔回来。
我自己来写爸爸该写的每一封信;
让你找不出一点差错。
我将从"A一直写到K"。

但是,妈妈,你为什么笑?
你不相信我会写得和爸爸一样好!
但是我将用心画线,
把所有的字母写得又大又好看。

当我写完后,
你以为我会像爸爸那样笨,
把它放到那可恶邮差的袋子里吗?
我会马上自己为你送信,
然后逐字逐句地给你读。
我知道那个邮差不愿意把真正的好信送给你。

英　雄

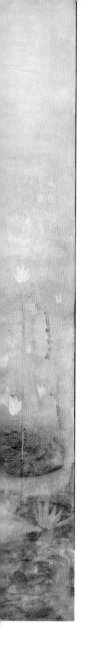

妈妈，我们假设一下我们正在旅行，
经过一个陌生而危险的国度。
你坐在一顶轿子里，我骑着一匹红马，跟在你身旁。
黄昏时，太阳落山。
暗淡的约拉迪希荒地在我们面前展开。
大地贫瘠而荒凉。
你害怕地想着——"我不知道我们到了什么地方了。"
　我对你说："妈妈，不要害怕。"

草原上长满了针尖般刺人的草，
一条崎岖的小径穿越其间。
在这片广袤的原野上看不见牛群，
它们已经回到村子的牛棚里了。

夜幕降临，大地和天空一片朦胧昏暗，
我们说不出我们正走向何方。
突然，你叫我，悄悄地问我：
"靠近河岸的是什么光亮？"
正在那时，一阵可怕的号叫声传来，
一些人影向我们跑来。

你蹲在轿子里，
反复不断地祷告着神的名字。
轿夫们吓得瑟瑟发抖，
在荆棘丛中躲藏起来。
我向你喊着："不要害怕，妈妈，有我在这儿。"
他们手执长棒，
头发凌乱，越来越近了。
我大喊："小心些！你们这些坏蛋！
再往前一步，你们就等死吧。"
他们又发出可怕的号叫，冲上前来。

你紧握住我的手，说：
"乖孩子，看在上天的份儿上，离他们远些。"
我说："妈妈，看我的。"
于是我策马飞奔，
剑和盾互相撞击，铿锵作响。
这场战斗是多么激烈，
妈妈，如果你从轿子里看得见，
你一定会打冷战的。
他们中有许多人逃走了，大多数被砍成了碎片。

我知道你正独自坐在那儿,
心想,你的孩子此时肯定死了。
然而我跑到你的身边满身是血,
说:"妈妈,战争已经结束了。"
你从轿子里走出来,
吻着我,把我搂入你的怀中,
自言自语地说:
"如果没有我的孩子保护着我,我真不知如何是好。"

日复一日,上千件无聊的事发生着,
为什么这种事就不能偶尔实现呢?
就像一本书里的故事。
我哥哥会说:
"这怎么可能?我常常想,他是那么单薄!"
我们村里的人们都会惊讶地说:
"这孩子正和他妈妈在一起,不是很幸运吗?"

结 束

是我离开的时候了,
妈妈,我走了。
当清晨孤寂的破晓时分,
你在幽暗中伸出双臂,
想抱起你睡在床上的孩子时,
我会说:"孩子不在那里了!"
——妈妈,我走了。
我将化为一缕清风爱抚着你;
我将化为串串涟漪,
当你沐浴时,
一次次地吻着你。

在刮风的夜里,
当雨点在树叶上滴答作响时,
你在床上将听到我的私语,
当电光从开着的窗口闪进你的屋里时,
我的笑声也随之一起闪现。
如果你清醒地躺在床上,
在深夜仍想着你的孩子,

我将在星空对你吟唱:
"睡吧!妈妈,睡吧。"
乘着四处游移的月光,
我悄悄地来到你床上,
趁你睡着时,躺在你怀里。
我将变成一个梦,
从你眼皮的微缝中,
滑入你的睡眠深处;
当你醒来,惊奇地张望时,
我就像一只熠熠闪光的萤火虫,
向黑暗中飞去了。

普耶节时,
当邻居的孩子们来屋里游玩时,
我将融合在笛声里,
终日荡漾在你心头。
亲爱的阿姨带了节日礼物来,
她会问着:
"我们的孩子在哪里,姐姐?"
妈妈,你要温柔地告诉她:
"他此刻在我的眼眸里,
在我的身体里,在我的灵魂里。"

呼　唤

她离开时,夜一片漆黑,他们睡去了。
这会儿,夜也漆黑,
我呼唤着她:"回来,我的宝贝。
世界在沉睡,当繁星两两相望时,
你回来一会儿是没有人知道的。"

她离开时,草木吐芽,春意正浓。
这会儿,花儿正怒放,
我呼唤着:"回来,我的宝贝。
孩子们毫无顾忌地在游戏中把花儿聚散离合,
你若回来,
带走一朵小花,没有人会发现的。"

那些常常嬉戏的人,
还在那里玩,生命就这样被荒废了。

我聆听着他们的闲聊,
呼唤着:"回来,我的宝贝。
妈妈的心里充满着爱,

你若回来,
只从她那里取得一个小小的吻,没有人会妒忌的。"

最初的茉莉

啊，这些茉莉，
这些洁白的茉莉！

我依稀记得我的双手第一次捧满了这些茉莉花，
这些洁白的茉莉花的时候。

我曾爱那阳光，
爱那天空和那绿色的大地；
我曾在漆黑的午夜聆听那河水淙淙的呢喃。
秋日的夕阳，在荒原道路的转弯处迎接我，
好像新娘掀起她的面纱迎接她的爱人。

然而，
我回忆起孩提时第一次捧在手里的洁白茉莉，
心里充满了甜蜜的回忆。
我平生有过许多快乐的日子，
在节日盛典的夜晚，
我曾与狂欢者一同大笑。

在细雨霏霏的清晨，
我吟唱过许多闲散的歌谣。

我颈上也曾戴着爱人用手织就的"芭库拉丝"黄昏花环。

然而，
我回忆起孩提时第一次捧在手里的洁白茉莉，
心里充满了甜蜜的回忆。

榕 树

哎，你，
立在池边的枝叶蓬乱的榕树，
你是否已经忘了那个小孩，
那宛如曾在你枝头筑巢，
而又离开了你的鸟儿似的小孩？

你还记得他怎样坐在窗前，
惊异于看到你那盘绕在地下的树根吗？

女人们常到池边装上满满一罐子水，
于是，你巨大的黑影在水面上荡漾，
宛如沉睡的人要挣扎着醒过来。

阳光在微波上舞动，
好似不能歇息片刻的梭子在编织着金黄的壁毯。

两只鸭子在水草边游荡，
影子在上面摇晃，
孩子静静地坐在那里沉思。
他想变成风，
吹过你簌簌的枝丫；
想变成你的影子，
随阳光在水面上消长；
想成为一只鸟儿，
栖息在你最高的枝头上；
还想变成那两只鸭，
在水草与影子中穿梭。

祝　　福

祝福这颗小小的心灵，
这个纯洁的灵魂，
他为我们的大地，
赢得了上天的亲吻。
他爱阳光，他爱看妈妈的脸。

他还没学会鄙夷尘埃而追求黄金。
将他紧紧地拥抱在你的心里，并且祝福他。

他已来到这个歧路横生的大地上了。
我不知道他怎样从人群中把你挑出来，
来到你的门前握住你的手问路。
他紧随着你，说着，笑着，没有一丝疑心。
不要辜负他的信任，
引导他走向正路，并且祝福他。

将你的手轻轻按在他的头上，祈祷着：
虽然下面波涛汹涌，

然而从上面来的风，
会扬起他的船帆，
将他送到平安的港口。
不要在忙碌中把他遗忘，
让他来到你的心里，并且祝福他。

礼　物

我想送你些东西，我的孩子，
因为我们都在世界的溪流中漂泊。

我们的生命会被分开，
我们的爱也会被遗忘。

但我却没有那样傻，
希望能用我的礼物来收买你的心。

你的生命正当年轻，
你的路还很漫长，
你饮尽我们给你的爱，
就转身离开我们了。

你有你的游戏、你的玩伴。
如果你没有时间和我们在一起，
或者你不曾想到我们，那又有什么伤害呢？

在我们年老时，
自然会有许多闲暇时间，
去细数那往昔的时光，
把从我们手中永久失去的东西，
放在心里好好珍藏。

河水唱着歌奔流而去，
冲破所有的堤防。
然而山峰却留在那里追忆着，
依依不舍地跟随着她。

我 的 歌

我的孩子，
我这支歌将扬起悠扬的乐声在你的身边萦绕，
犹如那炽烈的爱之臂膀。

我这支歌将抚摸你的前额，
犹如那祝福的亲吻。

当你独处时，
它会坐在你身旁，在你耳边私语；
当你在人群中，
它会围绕着你，使你远离尘嚣。

我的歌将成为你梦想的羽翼，
它将载着你的心到那未知的边缘。
当黑夜遮蔽了你的路时，
它又成为照耀在头上的忠实星光。

我的歌将伫立在你瞳孔里，
把你的视线植入万物心中，
当我的声音在死亡中沉寂时，
我的歌仍会在你年轻的心中吟唱。

小小天使

他们喧闹争吵，
他们猜疑失望，
他们争辩着却总是没有结果。

让你的生命融到他们中吧，我的孩子，
就像一束明亮的光芒，
使他们欢悦而静谧。

他们的贪婪和嫉妒是残酷的；
他们的言语，
如暗藏的刀，
渴望着饮血。

去，站在他们盛怒的心中，我的孩子，
把你那和善的目光投到他们身上，
仿佛那夜晚的宽容的和平遮蔽了白日的纷扰。

我的孩子，让他们看看你的脸，
于是他们明白了万物的意义；
让他们爱你，
于是他们能够相爱。

来，坐在无垠的怀抱里，我的孩子。
日出时，将心敞开，孕育成花儿；
夕阳西沉时，低下你的头，
静静地完成这一天的膜拜。

最后的交易

清晨,
我走在石头路上,
叫着:"来雇用我!"
国王手执利剑乘着战车驾临。

他抓住我的手说:"我用权势来雇用你。"
然而他的权势一文不值,
于是,他乘着战车离去。

炎热的正午,家家户户都关门闭户。
我漫游在蜿蜒的小巷中。
一位老者带了一袋黄金走出来。
他思索了一下,
说:"我用金钱来雇用你。"
他一个一个地称着他的金币,
我却转身离去。

黄昏,花园的篱笆上繁花似锦。
漂亮的姑娘走出来,
说:"我用微笑来雇用你。"
她的笑容黯淡,消失在泪痕中,
她孤单地转身走回黑暗里。

阳光照在沙滩上,
海浪随意地泼溅水花。
一个孩子坐在那里玩着贝壳。
他抬起头,好像认识我一样,
说:"我雇用你,什么都不用。"

从此以后,
在这个孩子的游戏中完成的交易,
让我成了一个自由的人。

翻转进入英文版》》》》